lauren child

¡NO quiero que se me caiga NINGÚN diente!

Texto basado en el guión escrito por Samantha Hill

Ilustraciones basadas en los dibujos animados

para TV producidos por Tiger Aspect.

Título original: *My Wobbly Tooth Must Not Ever Never Fall Out.*
Texto © 2006, Lauren Child.
Traducción © 2007, Victoria Martín Santamarta.
Ilustraciones © 2006, Lauren Child y Tiger Aspect Productions Limited.
Esta edición © 2007, RBA Libros, 2006.
Santa Perpètua, 10-12. 08012 Barcelona.
Teléfono: 93 217 00 88 / Fax 93 217 11 74.
www.rbalibros.com / rba-libros@rba.es
Diagramación: Editor Service, S.L.
Realización editorial: Bonalletra, S.L.
Primera edición, 2007

Ref: SLCE019
ISBN: 978-84-7871-823-8

Os presento a mi hermana pequeña.
Se llama Tolola y es muy simpática.
Se le mueve un diente desde hace una semana.
Es la primera vez que le pasa y está un poco asustada.

Tolola dice:
"¡No quiero que se me
caiga NINGÚN diente!
Los necesito TODOS."

Y Marv le responde:
"Pues yo, el primer diente que se me empezó a mover, ¡casi me lo trago!
Tuve mucha suerte, porque me estaba comiendo un Sugus
y ¡el diente se quedó enganchado!"

Entonces yo les conté:
    "¡Una vez le di un cabezazo a una pelota de fútbol
y mi diente flojo salió disparado de la boca!"

"¡Pero yo NO QUIERO
        que se me caiga el diente!",
            saltó Tolola.

"Pero ¿por qué no?", le preguntó Marv.

"Porque no quiero que se me **caiga**
NINGUNO", respondió Tolola.

"Pero Tolola, éstos son los **dientes de leche**...",
intenté explicarle, "es normal que se
te empiecen a **mover** y que luego **se caigan**.
Después te crecerán **dientes nuevos**
y se harán muy fuertes."

"Mira, les pasa lo mismo a los ciervos", explicó Marv.

"A los ciervos se les **caen** los primeros cuernos
y más tarde les crecen cuernos **nuevos** que son **mucho más fuertes**."

"¡Pero yo **no** soy un ciervo!
Quiero quedarme con **todos** mis **dientes**...
los dientes esos de **leche** o cómo se llamen", dejó claro Tolola.

Un poco más tarde llegó Lotta
para jugar con Tolola.

"¡Hola a todos! ¡Hola Tolola! ¿Sabéis qué?
Mi diente, mi diente..."

"¿Qué pasa con tu diente?
¿Qué le ha pasado?", preguntó Tolola.
"¡Se me ha **caído**!
¡Sí, sí, se me ha **caído un diente**!",
respondió Lotta.

"¿Ah, sí?. Y ¿qué te han traído?",
preguntó Marv.

Lotta respondió:

"Me han traído, me han traído..."

"¿Cómo que qué le han traído?", preguntó Tolola, extrañada.

Y Lotta respondió:

"Pues que vino el Ratoncito Pérez y..."

"¿Quién es el Ratoncito Pérez", preguntó Tolola, sorprendida.

"A ver, Tolola, el Ratoncito Pérez es el Ratoncito Pérez....
    cuando se te cae un diente tienes que colocarlo
debajo de la almohada, y por la noche viene
el Ratoncito Pérez y cambia el diente por
una moneda", le explicó Lotta.
"Por eso, esta mañana
    he ido a comprar este
animalito para la granja.
    ¡Mirad!

¡Una
    gallina!"

"Pero
¿hay un ratoncito que te da cosas
cuando se te cae un diente?
¿Por qué no me lo habéis dicho antes?
¡Nadie me
había contado
nada del
Ratoncito Pérez!",
se quejó
Tolola.

"Ya está decidido. Tengo que quitarme
este diente ahora mismo."

Lotta se alegró al oír la noticia y dijo:
"¿Y qué harás con la moneda
que te deje el Ratoncito Pérez?"
Acuérdate de que necesitamos
un caballo, una oveja y una vaca
para la granja.

"Voy a comprar
una jirafa",
respondió Tolola.

"¿Una jirafa para la granja?
¡Pero si en las granjas no hay jirafas!",
dijo Lotta, con fastidio.

Tolola respondió:
"Pues sí, una jirafa."

"Pero, ¿qué puedo hacer para que se me **caiga el diente**?"

Entonces Lotta ayudó a Tolola a mover
el diente flojo para que se cayera.
"¿Quieres que te lo **mueva más**?", dijo Lotta.
"No, no, creo que ya está **a punto** de **salir**...",
respondió Tolola.
"Tienes que **moverlo** un poco más..."

Marv dijo:
"¿Quieres que te lo retuerza?"
Tolola respondió asustada: "¡No, Marv!
¡Ni se te ocurra! Mi mamá dice
que no hay que retorcerlos. ¡Es muy malo!"
Yo le dije: "¡Tienes que seguir moviéndolo, Tolola!"

"¡Lo estoy moviendo,
         pero no sale!"

A este paso,
         no va a salir nunca.

Y entonces pegó un grito:
"¡Aaaaauuuu, Juan...

¡ya ha salido!
¡Por fin! ¡Mi diente
se ha caído! ¡Qué bien, ahora
ya me podré comprar la jirafa!"

Lotta le recordó:

"Acuérdate de ponerlo **debajo** de la **almohada**.
Tienes que irte **pronto** a la cama
y **no tardes** en dormirte o,
si no, el **Ratoncito Pérez** no vendrá."

Tolola respondió entusiasmada:

"¡Sí, sí! Tendré mucho cuidado. Voy a
guardarme el **diente** aquí hasta la hora de dormir.
Ya verás **qué bien**, **mañana** podré
comprarme la **jirafa**."

"¡Yo también quiero que tengas la jirafa!",
respondió Lotta.
"¡Genial! Entonces ven mañana. Tú traes la
gallina y la juntamos con la jirafa",
propuso Tolola.

"¡Vale! Así se harán amigas.
Pero, sobre todo, no te olvides de
colocar el diente justo en medio
de la almohada", insistió Lotta.

Llegó la hora de irse a la cama
y Tolola anunció:
"Juan, voy a lavar mi diente
para que esté limpio y brillante
y así...

pero,
¡y mi diente!
¡NOOO!
¡Mi diente! ¡Ha desaparecido!

Yo le dije:
"Búscalo otra vez.
Tiene que estar."

Tolola respondió:
"¡Que NO, Juan!
¡Que no lo
encuentro!
¡He perdido
mi diente!"

Yo insistí:
"Tiene que aparecer por algún lado.

Así
que
buscamos
por todas partes..."

en la pila del lavabo,

debajo
de las
camas,

por   el   suelo

y

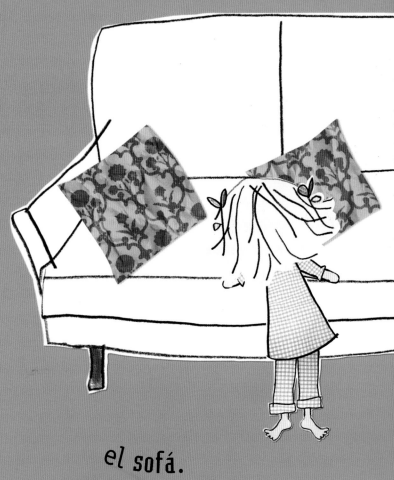

el sofá.

Buscamos por toda la casa.

Entonces se me ocurrió una idea genial.

"Mira Tolola, si te vas a dormir y sueñas
con algo muy, muy bonito y divertido,
seguro que sonreirás.
Entonces, cuando te rías, el Ratoncito Pérez
verá el agujero que tienes entre los
dientes y sabrá que se te ha caído un
diente como a todos
los demás niños."

Así que Tolola
se fue a dormir.

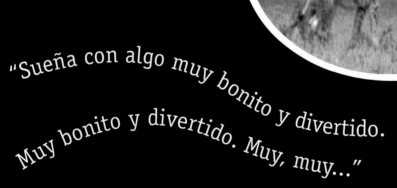

"Sueña con algo muy bonito y divertido.
Muy bonito y divertido. Muy, muy..."

Cuando se despertó
por la mañana, Tolola
buscó rápidamente
debajo de la almohada.

"¡Juan, corre!
¡Mira, ha venido el Ratoncito Pérez!
¡Rápido, rápido!
¡Tengo que ir a comprarme la jirafa!"

Más tarde llegó Lotta para jugar con Tolola y le preguntó:
"¿Cómo vas a llamar a tu jirafa?"
"Jirafa", dijo Tolola. "Y tu gallina ¿cómo se llama?"
"Gallina", dijo Lotta, "¡Hola, señora Jirafa!"
"¡Hola, señora Gallina!
¡Qué bien, creo que ya son amigas!",
dijo Tolola.

Entonces Tolola dijo:
"La señora Gallina y la señora Jirafa
quieren conocer a la señora Cabra."
"¡Pero si no tenemos Cabra!", dijo Lotta.
"¡Ah, no! Es verdad. Pues tendremos que esperar
a que se nos caiga otro diente.
¿Se te mueve alguno?", preguntó Tolola.

"No. ¿Y a ti?", respondió Lotta.
"No sé. ¿Éste se **mueve**?", preguntó Tolola.
"No." "¿Y éste?"
"¿Cuál?, ¿éste?, ¿o éste otro?,
¿o quieres decir éste?, ¿o éste?"